AF220140

Johann Henseler

Hühnerterrorismus

Inhalt

ISBN: 9783756201983

Bibliografische Information der Deutschen Nationalbibliothek:

Die Deutsche Nationalbibliothek verzeichnet diese Publikation in der Deutschen Nationalbibliografie. Detaillierte bibliografische Daten sind im Internet über http://dnb.dnb.de abrufbar.

© 2022 Johann Henseler

Herstellung und Verlag:

BoD – Books on Demand,

Norderstedt

1.Überfall

„Womit sollen wir denn diesmal Heidi und Bernd zurücküberraschen? Nächste Woche ist schon ihr Hochzeitstag!" Hildy sah mich fragend an. „Du wolltest doch etwas Passendes besorgen. Ich hoffe, dass es den Scheußlichkeitsanforderungen genügt, damit wenigstens ein Teil meiner Rachegelüste befriedigt wird!"

Es hatte sich eingebürgert, dass wir sowie Heidi und Bernd uns gegenseitig eine „Überraschung" zum Hochzeitstag schenkten. Wir hatten abgemacht, dieses Geschenk wenigstens ein Jahr , also bis zum nächsten Geschenk zum Hochzeitstag, nicht zu entsorgen, sondern seiner Bestimmung gemäß zu verwenden, egal wie unbrauchbar oder unerwünscht es war. Das letzte Geschenk für uns war ein überdimensionaler, an Hässlichkeit kaum zu überbietender Riesengartenzwerg gewesen Das Aufstellen dieser Gänsehaut verursachenden Scheußlichkeit hätte auch unvoreingenommene Betrachter zu der nicht abwegig erscheinenden Überzeugung kommen lassen, dass unsere geistige Gesundheit bereits höchst gefährdet sei. Wir versteckten den Inbegriff der deutschen Spießbürgerkultur daher zwischen zwei Tannen, so dass wir hoffen konnten, dass er von den Mitmenschen übersehen würde. Leider trog diese Hoffnung -Hildy und ich mussten so tun, als sei uns das Gespött von Nachbarn, Verwandten und Bekannten gleichgültig. Das verlangte nach einer passenden Retourkutsche.

„Selbstverständlich habe ich etwas besorgt! Ich meine, dass es den höchsten Ansprüchen genügt. Es steht in der Garage. Es war nicht gerade billig!"

„Wenn es seinen Zweck erfüllt, ist das egal. Kann ich es sehen?"

Ich zeigte auf ein großes Paket. „Ich hole es mal raus!"

Tatsächlich war Hildy zufrieden. „Das entschädigt mich für die erlittene Seelenpein."

Es handelte sich um einen großen Plastikspringbrunnen in der Form eines Hinterns, bei dem sich an anatomisch korrekter Stelle das Loch für die Wasserdüse befand.

„Schön, dass du zufrieden bist, ich bin es auch. Das Einzige, was mir ein wenig Unbehagen bereitet, ist das Geschenk für uns beim nächsten Mal. Schlimmer als das hier kann es kaum sein!"

Diese Worte sollten sich als grandiose Fehleinschätzung erweisen.

Mit Spannung , aber auch mit einem mulmigen Gefühl, erwarteten wir das Zurückgeschenk.

Am Hochzeitstag tauchten Heidi und Bernd mit einem riesigen Pappkarton auf, der an einigen Stellen durchstochen war. Den entluden sie recht vorsichtig aus ihrem Kofferraum und brachten ihn kommentarlos in unseren Garten. Wir verfolgten die Aktion vom Fenster aus.

Die Glückwünsche nahmen wir in der Wohnung entgegen und anschließend wurden wir zum Geschenk geleitet.

Der Inhalt des Kartons entpuppte sich als drei Hühner, einem Ei, einigen Klecksen Hühnerscheiße und einem Zettel, auf dem in Bernds Schrift stand: „ Ich helfe mit, einen Hühnerstall zu bauen."

Ich betrachtete diese spontane Invasion der drei gefiederten ungebetenen Gäste als feindlichen Überfall, der unabsehbare Folgen hatte. Schon jetzt war klar, dass mindestens für die Dauer eines Jahres ein Teil des Gartens zwangsweise durch eine Fremdnutzung okkupiert würde, und der Bau eines Hühnerstalls Arbeit und Kapital erforderte.

Zu meinem Entsetzen schien sich Hildy tatsächlich über das Geschenk zu freuen. Sie bedankte sich überschwänglich und aß sofort das mit Spuren von Hühnerkacke gesprenkelte Ei, wobei sie voll des Lobes über den unvergleichlichen Geschmack war und ihren Entschluss bekannt gab, nunmehr den gesamten Eierbedarf der Familie aus eigener Produktion zu bestreiten.

Es sollten die teuersten Eier der Weltgeschichte werden.

Unsere 11-jährige Tochter, die sofort erklärte, dass sie den Garten nicht mehr betreten wolle, solange die ekligen Viecher noch darin wären, hatte eine geradezu gehirnwäscheartige Methode gewählt, um das in ihren Augen drohende Unglück abzuwenden. Sie schrieb Stapel von Zetteln von unterschiedlicher Größe mit dem Text: *Hühner sind Scheiße!* Diese Zettel verteilte sie nicht nur an den strategisch wichtigen Stellen des Hauses, sondern auch an ganz unerwarteten.

Dem Besucher prangte ein großes Plakat mit diesem Text in roten Großbuchstaben an der Haustür entgegen. Auf dem Herd, dem Tisch, auf dem Toilettendeckel lagen weitere Zettel. Jede Treppenstufe war belegt, sogar im Kühlschrank und unter der Bettdecke war die Kampagne fortgesetzt worden.

Dieser publizistische Einsatz gab Hildy zu denken. Sie sprach mit der Tochter über das Problem, um sie doch noch von der Notwendigkeit der eigenen Produktion von Eiern zu überzeugen. Eigentlich kam Hildy gar nicht zu Wort, weil das Gezeter und Heulen der Tochter jeden ihrer Versuche, etwas zu sagen, schon im Keim erstickte. Vielleicht wäre die ganze Hühnerhaltung schon zu diesem Zeitpunkt beendet worden, wenn die Tochter nicht in kürzester Zeit vollständig ihre Meinung geändert hätte. Nachdem sie die Hühner trotz des anfänglichen Widerwillens eingehender betrachtet hatte, fand sie sie niedlich, und kurzerhand strich sie auf allen Zetteln das Wort „Scheiße" durch und ersetzte es durch „toll".

Dadurch mutierte der Kampf gegen die ungebetenen Gäste, gegen die „ekligen Viecher", zu einer Werbeaktion für sie.

Ich geriet mit meiner ablehnenden Haltung vollständig in die Isolation und es blieb mir nichts anderes übrig , als das Geschenk mit einem schiefen Lächeln hinzunehmen.

In der Nacht träumte ich, dass ich wegen der offen gezeigten Ablehnung der Hühner von der Hühnerrichterin Hildy, die am Richterpult ein Hühnerei mit bekackter Schale aß, dazu verurteilt wurde, auf dem Hühnerschissplatz erschissen zu werden. Ich wurde auf einen Platz geführt, an dem eine unendliche Zahl von Hühnergaffern sich laut gackernd versammelt hatte.

Das Erschissungspeleton bestand aus 6 Hühnern, die in kurzer Entfernung rückwärts vor mir standen und die Kloake zielgenau auf mich gerichtet hatten.

Auf das Kommando von Hildy: „Legt an! Scheiße… frei" wurde ich unter ohrenbetäubendem Gegacker des Publikums von 5 riesigen Kotentladungen und einem Ei getroffen.

Davon wurde ich schweißgebadet wach, konnte aber zunächst nicht mehr einschlafen. „Wenn die Hühner sogar Einfluss auf mein Unterbewusstsein haben," so sagte ich mir, „dann muss ich ihre Existenz einfach akzeptieren! Ich werde es versuchen!"

Danach konnte ich endlich einschlafen.

2. Umerziehung

Neben unserem Garten hatten wir ein unbebautes Grundstück gepachtet, das völlig verwahrlost war. An einer Seite lag ein riesiger, langer Berg, der durch Entsorgung von Bauabfällen und Lagerung von Schutt entstanden war, und da wir im Westen der Stadt wohnen, die Bezeichnung Westwall erhielt. Das Trümmergrundstück, so nannten wir es, grenzte an den Bürgersteig unserer Straße. Von dort aus warfen die notorischen Alkoholiker, die ihre Route durch unsere Straße gelegt hatten, ihre leeren Schnapsfläschchen massenweise über den Zaun. Ansonsten stand das Unkraut mannshoch.

Die Kinder betrachteten das Trümmergrundstück als Paradies. Ursprünglich hatten wir geplant, das Trümmergrundstück zu entmüllen und danach als Gartenfläche für Kartoffeln, Gemüse und Erdbeeren zu nutzen. Wir hatten sogar mit dem Anbau von Kartoffeln und Tomaten begonnen. Es war eine Riesenplackerei, das Unkraut zu entfernen. Die Fläche, die an den Bürgersteig grenzte, war völlig unbrauchbar, weil die Schnapsfläschchen fast vollständig den Boden bedeckten und am nächsten Tag wieder neue dazu gekommen waren. Meine Bereitschaft mich als Unkrauthacker und Fläschcheneinsammler zu betätigen, endete nach einer Rodung von 5 qm, die gerade dazu reichten, einige Kartoffeln und Tomaten anzubauen.

Der Zaun zum Bürgersteig war defekt, der Spanndraht war sehr locker und an einigen Stellen wies der Maschendraht Löcher auf. Das stellte einige Alkoholiker vor enorme Probleme. Ein Dauersäufer schwankte so stark, dass er gegen den Zaun fiel. Der Bürgersteig lag einen halben Meter höher als das Trümmergrundstück. Der schlaffe Spanndraht wurde durch das Gewicht des Säufers so weit in das Grundstück geschoben, dass eine Lücke zwischen der Bürgersteigkante und dem tieferliegenden Trümmergrundstück entstand, in die der Säufer prompt hineinfiel. Er wurde gebremst, weil er mit seinem Gesicht gegen einen Betonpfeiler schlug, an dem der Zaun befestigt war. Dabei holte er sich eine blutende Nase, hatte sich aber so gut am Betonpfeiler festgehalten, dass er sich unter

Fluchen wieder auf den Bürgersteig hochziehen konnte.

Der zweite Besoffski , der abstürzte, fiel durch den Spalt auf das Grundstück, wonach der Zaun wieder zurückschnellte. Nachdem der Säufer wieder einigermaßen bei Besinnung war, wusste er offensichtlich weder, wie er überhaupt auf dieses Grundstück gekommen war, noch wie er wieder herauskommen konnte. Ich saß am Fester, von wo man einen guten Blick hatte. Jedenfalls war ich nicht bereit , dem Jägermeister- Mariacron- Dujardin- Weizenkorn- Fläschchen- Umweltverschmutzer zu helfen. Dieser blickte ratlos im Garten umher und stellte wohl fest, dass der Nachbargarten keinen unüberwindlichen Höhenabstand zum Bürgersteig aufwies und nur eine niedrige Umzäunung besaß. Tatsächlich bot der Grenzzaun zwischen unserem Garten und dem Nachbargarten keine großen Schwierigkeiten hinüberzuklettern. Als der Säufer über den hüfthohen Grenzzaun zum Nachbargrundstück kletterte und stürzte erneut ab, diesmal in die Erdbeersträucher, wobei er einige Erdbeeren zermatschte, was dicke rote Spuren auf Hände, Gesicht und Kleidung hinterließ. Es gelang ihm aber tatsächlich, danach den Zaun zur Straße zu überwinden. Seitdem habe ich ihn nicht wiedergesehen, wahrscheinlich hat er die Route der Fläschchenentsorgung geändert.

Die drei Hühner wollte ich auf diesem Trümmergrundstück provisorisch unterbringen, nachdem die gesamte Familie empört auf meinen Vorschlag reagiert hatte, die Hühner in der Kiste zu lassen. Es war mir aber klar, dass der Zaun so defekt war, dass er nicht dazu dienen konnte, die Hühner wirksam einzusperren.

Ich verfiel auf den Gedanken, auf dem Trümmergrundstück einige 1,20 m hohe Metallstäbe, die noch in der Garage herumlagen, in die Erde zu rammen, darüber ein riesiges Obstnetz zu spannen und an einer Ecke den Transportkarton offen als Unterstand hinzustellen. Das sollte so lange als Unterkunft und Auslauf für die Hühner dienen, bis ich eine bessere Behausung gebaut hatte.

Unsere zweite, damals dreijährige Tochter war völlig begeistert. Sie hob das Obstnetz hoch, lief darunter her und versuchte die Hühner zu fangen. Inzwischen hatte es zu regnen begonnen. Das Netz hing durch die schweren Regentropfen nach unten, so dass es an den Kopf der vom Jagdfieber ergriffenen Tochter reichte. Mit dem Kopf streifte sie die Tropfen ab und war in Windeseile durchnässt. Sie weigerte sich aber aus dem Netz herauszukommen und wir konnten sie nicht holen, weil das Netz zu niedrig gespannt war. Unter Fluchen baute ich das halbe Netz wieder ab. Inzwischen hatte die Tochter ein Huhn gefangen und war bereit aus dem Tiergehege herauszukommen. Aufgrund seines braunen Federkleides erhielt das Huhn den Namen Brunilla.

Brunilla war ein legendäres Huhn.

Während die beiden anderen Hühner, Camilla und Ludmilla, wenigstens ab und zu ein Ei legten, weigerte sich Brunilla standhaft. Wahrscheinlich war es so mit der Erfüllung der Anforderungen beschäftigt, die die Tochter an es stellte, dass es keine weitere Energie zum Eierlegen mehr aufbringen konnte.

Zunächst wurde Brunilla jeden Morgen sofort nach dem Aufstehen von der Tochter noch im Schlafanzug aus dem Netzgehege geholt. Wenn einem etwas an einem in etwa ruhigen Tagesbeginn lag, dann war die Erlaubnis für sie zum Brunilla Fangen unumgänglich: Allein der anfängliche Versuch eines Verbots hatte ein nicht enden wollendes Dauergeschrei provoziert, das durch kein Versprechen, kein Schimpfen und auch durch keine Drohungen abgestellt werden konnte, und das erst einem Lachen unter Tränen wich, als sie in den Hühnerauslauf durfte. Danach trauten wir uns als Eltern nicht mehr etwas zu verbieten, was mit Brunilla zusammenhing. Damit waren wir wirksam umerzogen worden.

Die Folge war, dass die Tochter jeden Morgen von den Regen- oder Tautropfen, die am Obstnetz hingen , im Nu klitschnass war und ihre Schuhe oder Pantoffeln von Matsch und übelriechendem Hühnerkot nur so strotzten. In den Augen Hildys war das meine Schuld, weil ich immer noch keinen Hühnerstall gebaut hatte, und daher musste ich jedes Mal die Tochter wieder in einen vernünftigen Zustand bringen. Tatsächlich beschleunigte das meine Bereitschaft, einen festen Hühnerstall zu bauen.

Wenn die Tochter morgens Brunilla gefangen hatte, klemmte sie sich das Huhn unter ihren Arm. Da half kein Zappeln, Flügelschlagen, aufgeregtes Gegacker – Brunilla blieb im Arm gefangen, bis sie sich in ihr Schicksal ergeben hatte und sich beruhigte. Dann wurde sie neben den Frühstücksteller gesetzt und erhielt Zusatzfutter. Wenn sie nicht länger ruhig an ihrem Platz sitzen wollte, erfolgte wieder die Zwangsklemme durch die Erzieherin.

Auf die Dauer zeitigte diese konsequente Dressurmethode erstaunliche Erfolge. Die Tochter war wohl in den Augen Burillos zum Ersatzhahn mutiert. Schon morgens hockte sich Brunilla hin, wenn ihre Erzieherin das Gehege betrat, und ließ sich widerstandslos auf den Arm nehmen. Wenn das Huhn abgesetzt wurde, lief es nicht mehr gackernd fort, sondern blieb geduldig stehen, um auf die nächsten Aktionen zu warten.

Die Brunilla-Erzieherin war mit 4 Jahren nicht nur Elvis - Fan, sondern auch begeisterter Motorrad-Fan. Eine gute Bekannte von uns hatte ihr einen Mofa- Schutzhelm geschenkt. Den zog die Tochter immer an, wenn sie mit dem „Motorrad", das ihr Dreirad war, Reisen um den Häuserblock unternahm.

Bei diesem Höhepunkt des Tages durfte Brunilla nicht fehlen. Das Huhn wurde auf die Lenkstange des Dreirades gesetzt und mitgenommen, während es die ganze Zeit versuchte, die Balance zu halten. Kippte das Dreirad um, dann hüpfte es ein Stück zur Seite und wartete geduldig, bis es wieder auf die Lenkstange gehoben wurde. So wurde die Rennfahrerin mit Huhn zur Attraktion des Häuserblocks.

Schließlich weigerte sich die Tochter, ohne Brunilla überhaupt noch irgendwohin zu gehen. Zur Kinderfrau, zu Freundinnen, zu Verwandtenbesuchen, zum Spielplatz: Überall musste das Huhn mit. Unsere Einwände zählten nicht, das Huhn war wichtiger als wir.

3. Strafe als Kompensation

Wenn es bei dem Geschenk von 3 Hühnern geblieben wäre, hätte sich die Hühnerzucht in absehbarer Zeit von selbst erledigt, da wir keinen Hahn hatten. Irgendwie schienen allerdings immer mehr Leute der Meinung zu sein, dass ein weiteres Federvieh als Geschenk für uns eine gute Idee sei.

Im ersten Jahr überlebten auf dem gerodeten Teil des Trümmergrundstückes nur 3 Kartoffelsträucher und eine Tomatenpflanze. Eine Kartoffel -- aber nur eine -_ erreichte die Größe ähnlich eines Fußballs, und eine Tomate- -aber auch nur eine- war so groß wie ein Handball. Diese beiden Exemplare schenkten wir unserem Freund zur Hochzeit und behaupteten, dass unsere gesamte Ernte so ausgefallen wäre. Unter den Gästen war auch ein befreundeter Bauer, Karl , der unbedingt wissen wollte, wie ich dieses tolle Ernteergebnis erreicht hatte. Ich tat sehr geheimnisvoll, worauf er lauthals sagte, dass er jetzt doch langsam Zweifel hätte, ob ich nicht doch etwas auf dem Kerbholz habe. Das verstand ich nicht und verlangte eine Erklärung. Mittlerweile hörte die halbe Hochzeitsgesellschaft zu.

Karl genoss sichtlich die Aufmerksamkeit und begann mit erhobener Stimme zu reden. Bald erstarben die anderen Gespräche.

„Ihr beide!", dabei zeigte er auf mich und auf Hildy, „Ihr seid ja schon seit vorgestern hier!"

„Na, und? Wir sind einige Tage in Alfreds Ferienhaus. Ist etwas dagegen einzuwenden?"

„ Natürlich nicht . Ihr wart auch spazieren, der Hans auch in Sotterbach." Karl wohnte in Sotterbach und ich wollte ihm etwas von Alfred bringen, der nicht dazu gekommen war.

„.Ja, da war ich allein. Aber du warst nicht zuhause. Hat dir ein Nachbar gesagt, dass ich zu dir wollte?"#

„Nein, das ist bereits Dorfgespräch! "

Ich sah ihn irritiert an. „Was ist denn so sensationell daran, dass ich durch Sotterbach gehe?"

„Offensichtlich hast du nicht gedacht, dass du beobachtet wirst!"

Mittlerweile war es still im Raum .Ich hatte plötzlich das ungute Gefühl auf einer Anklagebank zu sitzen, war mir aber keiner Schuld bewusst. Daher ging ich in die Offensive: „Ich war es nicht , der in das Weihwasserbecken gepinkelt hat."

„Das hätte auch nicht für so viel Wirbel gesorgt, wie das , was hier zur Debatte steht."

„So? Was denn?"

Nur das leichte Lächeln um die Mundpartie von Karl signalisierte mir, dass hier keine ernsthafte Vernehmung stattfand.

„Also gestern am Nachmittag gingen im Dorf die Sirenen los, ihr habt es vielleicht bis hierhin gehört. Die Scheune von meinem Nachbarn war in Brand geraten, die freiwillige Feuerwehr konnte nichts mehr machen, sondern musste sich auf die anderen Scheunen in der Nähe konzentrieren, damit sie kein Feuer fingen. Sofort ging die Suche nach dem Täter los .Der Sohn meines Nachbarn hat berichtet, dass er wenige

Zeit vorher einen fremden Mann mit Bart, langen Haaren und Sonnenbrille bei mir gesehen habe, eben einer, der aussah wie ein Verbrecher." Einige Gäste der Hochzeitsgesellschaft lachten laut los, bevor ich ganz begriff, was das heißen sollte. „Der fremde Mann soll sogar mit seinem Feuerzeug gespielt haben! Der Nachbar kam sofort mit seinem Sohn zu mir, um mich nach der Person mit dem Verbrecheroutfit zu befragen.10 Minuten später wussten wir, wer der Täter war." „Ach, das war wohl ich!", rief ich in den Raum. „Wieso du? Es war natürlich der Sohn des Nachbarn, der unter Tränen gestand, dass er in der Scheune mit einem Feuerzeug gespielt hatte und dabei versehentlich einen Brand ausgelöst hatte. Aus Angst vor den Folgen hatte er dann den Verdacht auf dich lenken wollen. Beinahe wärst du zum Feuerteufel geworden."

Mittlerweile lachte die ganze Hochzeitsgesellschaft.

„Ich habe den Nachbar gebeten, dir wegen der falschen Verdächtigung eine Entschädigung zukommen zu lassen."

Das stimmte mich wieder versöhnlich.

„Worin soll die bestehen?"

„Eine Glucke mit Küken. Die brütet im Moment noch, aber in gut einer Woche kannst du sie abholen, dann sind die Küken geschlüpft"

Ich bedankte mich artig . auch wenn ich nicht wusste, was schlimmer war, die falsche Verdächtigung oder die Entschädigung dafür.

Hildy zog ihre eigenen Schlussfolgerungen.

„Ohne einen Hahn sind Hühner nicht glücklich. Das ändert sich jetzt, denn einige Küken sind bestimmt männlich, und jetzt", sie wandte sich an mich, „wirst du sogar einsehen, dass du so schnell wie möglich einen Hühnerstall bauen musst. Jetzt geht es erst mit der Zucht los."

Das hatte ich befürchtet.

Jedenfalls war der Bau eines Hühnerstalls unumgänglich.

Sei es aus schlechtem Gewissen, sei es aus Solidarität oder aus Mitleid hatte Bernd bei der Übergabe des Geschenks schriftlich zugesagt, mir bei der Errichtung eines festen Hühnerstalles zu helfen. Es dauerte nicht lange, bis ihm sein eigenes Ärgergeschenk Verdruss bereitete und er sich sogar zu der Äußerung hinreißen ließ: „Diesmal habe ich mit unserem Geschenk mich selbst am meisten überrascht."

Ich hatte kurz vorher ein Buch geschenkt bekommen, in der die Errichtung eines ökologischen Holzwohnhauses ganz ohne Eisenbeschläge und Nägel, sondern nur mit Verzapfungen beschrieben wurde. Da bot sich der Bau des Hühnerstalles als Kleinausgabe des Vorbildes geradezu an, und auch Bernd war begeistert. Um es vorwegzunehmen: Die Kosten für passendes Werkzeug, richtiges Material und misslungene Versuche erreichten schließlich eine Höhe, die dazu ausgereicht hätte, zwei Hühnerställe von einem Bauunternehmer bauen zu lassen.

Aber unsere Begeisterung war zu Beginn groß. Als der Holzbau schließlich stand, waren wir stolz, für die Rettung der Welt vor der Umweltkatastrophe eine Menge getan zu haben.

Nach einigen Wochen zeigten sich die Nachteile: Es regnete durch das Dach, und die Holzwände begannen zu schimmeln. Zur Rettung des Baus beschlug ich den gesamten Hühnerstall mit Teerpappe, so dass er wie ein schwarzer Würfel aussah. Nazif, ein befreundeter Kurde, meinte, er würde aussehen wie ein Modell der Kaaba, die Hühner würden die Hadschis symbolisieren Zudem hatte der Stall nur Erdreich als Boden, was sich als besonders problematisch erwies, da unsere notorisch aus dem Kaninchenstall ausbrechenden Zwergkaninchen sich dort ihre Höhlen bauten und kaum noch erreichbar waren, höchstens wenn sie mit den Hühnern gemeinsam aus der Schüssel fraßen.

4. Scheitern der Integration

Hühner brauchen ein Gehege. Ein Gehege braucht Platz. Im Garten eines Einfamilienhausgrundstücks ist der Platz begrenzt, bei uns umso mehr, als von allen Seiten Geschenke in Form von Hühnern oder Hähnen gemacht wurden.

Nach der Obstnetzphase auf dem Trümmergrundstück und dem Bau des Holzstalls zog ich in unserem Garten einen behelfsmäßigen Zaun in ca. 2 m Entfernung parallel zum Grenzzaun des Trümmergrundstück-. Dadurch entstand im Garten ein langes, schmales Gehege mit Baumbestand, das man durch eine selbst gebaute Holzlattentür betreten konnte.

Die Hühner machten sich jedoch einen Sport daraus, die 1,50 m hohen Zäune zu überfliegen.

Oft war das Gehege leer, das Trümmergrundstück und der Garten voll von Hühnern. Einige besonders flugfähige Exemplare überquerten den Zaun des Trümmergrundstücks zur Straße hin und liefen auf der Straße herum. Vorbeigehende Kinder versuchten die Hühner zu fangen, diese liefen auf die Straße, Autos hupten, andere bremsten scharf.

Fast kam es einmal zu einem Auffahrunfall. Die wütenden Fahrer stiegen aus, fragten wohl die Passanten, wer der Eigentümer der Hühner sei, und klingelten an meiner Haustür, um mich zur Rede zu stellen. Mir fiel nur ein Argument ein: Ich wies sie darauf hin, dass die Straße Körnerstraße hieß, und wo es Körner gäbe, müsse man auch mit Hühnern rechnen. Dieses Argument konnte sie weder beruhigen noch überzeugen.

Um die Gefahren des Hühnerterrorismus zu bannen, musste eine Erhöhung des Gehegezauns um das Doppelte erfolgen.

Danach ging es zuerst gut. Als die Hühnerpopulation stieg, war es offenbar für einige Hühner reizvoller, zum Schlafen in die Bäume, die im Gehege standen, zu fliegen. Das war die optimale Stelle vor allem für Hähne, von denen ich zeitweise 5 besaß, um uns und die Nachbarschaft ab 4 Uhr morgens mit dem verschiedenen Diskant ihrer Stimmen vertraut zu machen. Nachbarn und uns weiter nicht bekannte Bewohner des Viertels sprachen uns an. Dabei versuchte uns eine Gruppe, die größere, davon zu überzeugen, so weiterzumachen, das sei doch Natur, über die Lärmentwicklung von Autos würde sich keiner beschweren, und das sei keine Natur. Die kleinere Gruppe beschwerte sich sehr wohl und verlangte Abhilfe, zumindest in der Nacht.

Die Bäume im Gehege konnte und wollte ich nicht fällen. Aber das Problem hatte sich noch dadurch verschärft, dass einige Hühner und Hähne vom Baum aus eine Einflugschneise auf das Trümmergrundstück entdeckt hatten und so wieder aus dem Gehege entwichen. Einige davon musste ich auf dem nahe gelegenen Spielplatz wieder einfangen.

Abends mussten alle Hühner in den Stall getrieben werden. Da sich dessen Tür nicht richtig schließen ließ, baute ich eine neue.

Als die ersten Küken schlüpften, stellte sich heraus, dass der Maschendraht zwar ausreichte, um ausgewachsene Hühner einzuhegen, nicht aber Küken. Die waren durch den Maschendraht in unseren Garten marschiert. Die in Panik versetzte Henne hatte es irgendwie geschafft auch den Zaun zu überwinden. Dann hatten Henne und Küken gleich den nächsten, bedeutend niedrigeren Zaun zum Nachbarn überwunden. Auf dieses Problem machte mich die Nachbarin mit einem empörten Schreckensschrei aufmerksam, der mich auf die Terrasse trieb. Stumm zeigte sie auf ihr Hügelbeet mit jungen Salatpflanzen, man aber nur noch das Hügelbeet erkennen konnte. Ich trieb die Hühnerschar wieder in unseren Garten zurück und brachte der Nachbarin als Zeichen meiner Trauer um das frühe Ableben des Salats anschließend einen Stapel Süßigkeiten, der noch vom letzten Karnevalszug übriggeblieben war.

Es musste überall Kaninchendraht in Bodennähe des Zaunes angebracht werden.

Es sollte sich zeigen, dass damit nicht alle Ausbruchversuche beendet waren.

Viele Jahre fuhren wir mit den drei kleineren Kindern in ein Ferienhaus in Frankreich in Urlaub. Wenn wir losfuhren, standen wir schon sehr früh auf, um das Ziel an einem Tag erreichen zu können. Als wir einmal losfahren wollten, liefen morgens sämtliche Hühner im Garten herum:

Einer hatte vergessen, die Türen zu schließen. Mit Hilfe der Anfeuerungsrufe der Mädchen gelang es mir, alle wieder zurückzutreiben, aus den Büschen zu holen oder zu fangen. Beim Start in die Ferien war ich in Schweiß gebadet und schon frühmorgens körperlich erschöpft. Meine Laune war mäßig.

Für die Dauer unserer Abwesenheit mussten wir eine Bekannte, eine ältere Dame, bezahlen, die die Hühner fütterte. Auch sie hatte irgendwann vergessen, die Tür zu schließen, war aber nicht in der Lage, die Hühner, die jetzt auf dem Rasen herumliefen, wieder einzufangen. Als wir aus dem Urlaub zurückkehrten, lag ein grünlicher Schimmer auf braunem Untergrund an der Stelle, wo früher einmal der Rasen gewesen war: Das Moos im Rasen war übriggeblieben, den Rasen hatten die Hühner komplett abgefressen.

Ich wollte daraufhin in einer Massenexekution die kriminelle Vereinigung der Hühnerbande ihrer gerechten Strafe zuführen, musste aber davon Abstand nehmen, weil mir der weibliche Teil meiner Familie dafür mit ständigem

Liebesentzug drohte. Daher siegte diesmal die Gerechtigkeit nicht.

Ich musste mir vielmehr sagen lassen, dass die Unterbringung der Hühner noch nicht mal den geringsten tierpflegerischen Erfordernissen genüge.

Tatsächlich erwies sich der Stall als zu niedrig, dunkel, klein, schlecht sauber zu halten und seine Stempel faulten nach einigen Jahren, so dass der Hühnerstall baufällig wurde.

Daher entschloss ich mich, einen neuen Stall zu bauen, aber jetzt einen richtigen: aus Stein gemauert, groß und hoch genug, mit Tür und Fenstern.

Den konnte ich nicht allein bauen, und so beschäftigte ich einen Freizeitmaurer, der diese Bezeichnung offensichtlich so verstand, dass er während des Mauerns ausgiebig Freizeit machte, mit Strömen von Bier und mehreren Imbissen, von denen einer schon gereicht hätte, mich anschließend einer Diät unterwerfen zu müssen

Fundamente und eine Bodenplatte wurden gegossen, eine Kalksandsteinmauer

hochgezogen, ein Balkendach aufgesetzt, Fenster und Türen eingesetzt, Elektrik verlegt, alles verputzt und gestrichen, zum Glück in wochenlanger Arbeit, da wir die Kosten dafür in kürzerer Zeit nicht hätten aufgrubgeb können. Nazif,
der befreundete Kurde, fragte uns, ob wir eine Unterkunft für einen Gastarbeiter bauten, denn, seiner Meinung nach, lebten viele davon in schlechteren Verhältnissen. Ich habe ihm gesagt, dass sei das Notquartier für mich, wenn wir Ehekrach hätten. Er fand das plausibel.

Die Hühner wollten partout nicht in ihre Luxusherberge umziehen, ihnen gefiel es im Dreck und Speck des schwarzen Bitumenwürfels viel besser. Erst als ich zum rigorosen Mittel des Slumabrisses griff, gewöhnten sie sich allmählich an die neue Behausung.

Seitdem löste der Begriff „goldene Eier" bei mir die Assoziation aus, dass die Kosten für ein Ei so hoch sein können, als ob es aus Gold sei.

5.Einzeltäter

Goliath

Als ein Huhn mit Namen Doof-Aschenputt eines Tages anfing zu krähen, worüber es selbst am meisten erschrocken war, machte mir diese Geschlechtsumwandlung, die die Natur offenbar in Notfällen vorsieht,: klar, dass ein potenter Hahn hermusste.

Matthias, der Hühner züchtete, hörte davon und schenkte mir einen Hahn. Es war ein Zwerghahn, Goliath, der trotz seiner geringen Größe die Hühner unter Kontrolle hatte und auch seinen Aufgaben nachkam. Er hatte allerdings eine unangenehme Eigenschaft: Er war aggressiv und hinterhältig. Vor Erwachsenen hatte er Respekt, weil er beim geringsten Angriff mit dem Kochlöffel eins übergezogen erhielt, wodurch die Machtverhältnisse geklärt waren.

Die älteren Kinder konnten sich seiner auch erwehren. Als jedoch die erst dreijährige Tochter einmal allein das Gehege betrat, nahm das Unglück seinen Lauf. Durch ein infernalisches Gebrüll wurde ich aufgeschreckt und sah, wie

Goliath auf den Kopf des Kindes geflogen war, sich in ihrem Haar festgekrallt hatte und sie mit dem Schnabel bearbeitete, ihre Lippe war bereits aufgesprungen und blutete.

Ich stieß meinerseits ein Gebrüll aus, rannte in das Gehege, wobei Goliath das Weite suchte, holte das geschockte Kind heraus und übergab es der tröstenden Mutter.

Ich sah rot. Voller Mordlust rannte ich in den Schuppen und schnappte mir ein Beil. Damit lief ich ins Gehege und hetzte den in Panik versetzten Goliath so lange, bis er im Stall Schutz suchte. Sofort schloss ich die Tür und nach kurzem Kampf hatte ich ihn gepackt. Er schrie wie am Spieß, er wusste wohl, was jetzt folgte: die standrechtliche Exekution. Ich drückte ihn draußen auf einen Baumstumpf und mit einem gezielten Beilhieb enthauptete ich ihn.

Nur dem Einspruch von Hildy ist es zu verdanken, dass ich ihn nicht anschließend noch zur Abschreckung an die hölzerne Stalltür nagelte.

Matura

Im weiteren Verlauf der Jahre war für die Gäste, die uns ein Geschenk mitbringen wollten, die Entscheidung einfach: Das ideale Geschenk war ein neues Huhn. Das brachte die Hühnerhierarchie durcheinander, und so spielten sich wilde Kämpfe ab, bis die neue Hierarchie feststand. Unsere Kinder feuerten ihre Lieblinge dabei an und schritten ein, wenn ihr Favorit den Kürzeren zu ziehen drohte.

Ein Abiturjahrgang schenkte mir ein weißes Huhn, das den Ehrennamen Matura erhielt. Es stammte aus einer Legebatterie und war granatendumm. Es wurde in einem Pappkarton angeliefert, den zu verlassen es sich weigerte. Mit sanfter Gewalt wurde es schließlich in das Gehege verfrachtet, wo es verständnislos den Aufruhr, den es verursachte, beobachtete. Auf Attacken mit Schnabelhieben reagierte es überhaupt nicht, weder floh es, noch wehrte es sich. Es stand einfach da und bewegte sich kaum, auch nicht in Richtung Fressnapf oder Tränke, und zwar stundenlang. Schließlich dämmerte uns der Grund: Das Huhn konnte nicht allein fressen und trinken, weil es unsere Vorrichtungen dafür nicht kannte.

Unsere Brunilla-Tochter beobachtete einige Zeit das ungewohnte Schauspiel, dann schritt sie entschlossen zur Tat. Matura zu fangen war ja kein Problem, und mit der ihr eigenen Direktheit steckte sie Maturas Kopf in aufgeweichtes Brot, so dass das Huhn auf den Geschmack kam. Um ihr das selbstständige Trinken beizubringen, packte sie ihren Kopf und tauchte ihn so lange unter, bis Matura, die Luft holen wollte, zwangsweise Wasser schluckte. Diese Lektion war überzeugend, Matura konnte sich hinfort selbst das Futter besorgen.

Etwas brachte Matura aber für alle mit, die sich mit ihr beschäftigten: Hühnermilben. Die hilfreiche Tochter hatte sich zuerst angesteckt, die Wimpern waren voll von Milbeneiern, die einzeln mit der Pinzette herausgezogen werden mussten. Ich hatte die Milbeneier auf dem Kopf und. musste eine übelriechende Tinktur in unsere Haare pinseln. Die älteste ZTochterbekam einen schreikrampfähnlichen Anfall vor Ekel und vor Angst, ihre langen Haare abschneiden zu müssen.

Das besiegelte das Schicksal von Matura: Der Henker trat in meiner Gestalt in Aktion und Matura hauchte unter dem Beil ihr Leben aus. Sie erhielt ein feierliches Begräbnis.

.

Schiefschnauz

Durch die ständigen Geschenke in Form lebender Hühner wuchs deren Zahl beträchtlich. Da wir auch einen Hahn hatten, stellten sich in kurzer Zeit auch Küken ein. Schließlich konnten wir wochenlang keine Eier essen, weil alle bebrütet wurden. Das hatte zur Folge, dass die Kükenanzahl so enorm stieg, dass nicht mehr alle Hühner in den Hühnerstall hineinpassten. Zudem gab es mehrere Hähne, ständig flogen die Fetzen. Jedenfalls konnte die Hühnerschar nicht uferlos wachsen.

Ich kam mit den Kindern überein, dass zu alte Hühner, Hühner mit Gebrechen und überzählige Hähne geschlachtet werden durften. Alle Hühner, die Namen trugen, galten aber als unantastbar und erhielten das Gnadenbrot.

Ein Huhn war dazu bestimmt, die Regel zu durchbrechen. Es hatte schon seit dem Schlüpfen einen verwachsenen Schnabel, die obere Schnabelhälfte stand quer zur unteren. Da die beiden Schnabelteile nicht zusammenpassten, konnte es damit nichts packen, weder Körner noch Würmer. Das war ein klassischer Fall eines Gebrechens, dem eigentlich die Schlachtung hätte folgen sollen.

Unisono waren meine Töchter dagegen, jede mit ihren Mitteln. Prophylaktisch erhielt das Huhn zum Schutz einen Namen: Schiefschnauz .Die zweite Tochter, mittlerweile 10 Jahre, argumentierte, dass man gerade behinderte Lebewesen sorgsam schützen müsse, ich sei herzlos, und was ich denn sagen würde, wenn ich mal später eine Behinderung hätte, und man wolle mich deswegen schlachten. Sie weinte sehr selten, aber hierbei entfuhr ihr ein herzzerreißender Schluchzer. Die zweitjüngste Tochter wiederholte mit nicht erlahmender Intensität: „Du sollst Schiefschnauz nicht schlachten! Du sollst Schiefschnauz nicht schlachten!" und heulte dabei mit enormer

Lautstärke. Die jüngste Tochter verstand zwar nicht, was los war, aber die Reaktion ihrer beiden Schwestern veranlasste sie zu einem solidarischen Sympathieweinen.

Vor diesem geballten Widerstand kapitulierte ich. Schiefschnauz erhielt ein Fress- und Sauf-Separée. Hier wurden die Körner nicht verstreut, sondern in ein Schüsselchen gefüllt, in das Schiefschnauz ziellos hineinpickte. Aber es klemmten sich immer einige Körner in den schiefen Schnabel, so dass es fressen konnte.

Um dieses Huhn, das auch ganz zahm wurde, kümmerten sich die drei Töchter rührend und mit nie erlahmender Sorgfalt.

Wenn ich im Alter von ihnen auch so behandelt werde, hat sich die Begnadigung von Schiefschnauz gelohnt.

Samba

Samba war ein kleines, zierliches Zwerghuhn mit braun-gelbem Gefieder, das sich die zweite Tochter nach dem Ableben von Brunilla als

Lieblingshuhn erkor. Mittlerweile war die Tochter älter, aber ihre Erziehungs- oder Dressurmethoden waren nicht weniger wirksam. Im Unterschied zu Brunilla erzog sie Samba schon als Küken mit solcher Beharrlichkeit, dass die Henne, die noch sieben andere Küken hatte, ihre Ansprüche auf Samba an die Tochter als Ersatzmutter abtrat, zumal Samba schon sehr früh den Mutterwechsel akzeptierte und nicht, wie die anderen Hühner, beim Betreten des Geheges vor der Ersatzmutter davonrannte, sondern stehenblieb und ihr sogar nach einiger Zeit entgegenhüpfte.

Stundenlang blieben beide zusammen. Samba erhielt verschiedene Kosenamen, wovon durch irgendwelche Lautverschiebungen schließlich der Name Zumbelguck entstand, den sie dann in ihren letzten Lebensjahren trug.

Zumbelguck genoss eine Menge Privilegien.

Sie durfte im Winter im Keller übernachten, weil wir fürchteten, dass sie in den kalten Nächten erfrieren könnte. Morgens vor dem Frühstück pickte sie gegen die Glasscheibe der Kellertür, um herausgelassen zu werden.

Während der Mahlzeiten durfte sie alles aufpicken, was unter den Esstisch gefallen war, natürlich fielen auch ein paar besonders gute Brocken absichtlich unter den Tisch. Diese Funktion als lebender Staubsauger führte dazu, dass Zumbelguck normales Hühnerfutter schließlich ganz verschmähte, was zu einer unvorhergesehenen Komplikation führte.

Während die Familie am Mittagstisch saß, klingelte es, und Volker und Christiane, ein befreundetes Ehepaar, standen vor der Tür. Wir luden sie spontan ein, mit uns zu essen, und sie nahmen die Einladung an. Sie setzten sich an den Tisch und begannen ihre Linsensuppe mit Würstchen zu essen.

Die Erwachsenen redeten gerade über den Beruf, als Christiane plötzlich einen unartikulierten Schrei ausstieß und aufsprang. Mit lautem Gepolter kippte ihr Stuhl um und, da sie kräftig gegen den Tisch stieß, die Suppenteller schwappten über. Vor Schreck waren auch Volker und ich hochgesprungen.

„Ein Huhn, ein Huhn!", schrie Christiane.

Erleichtert sagte ich: „Ach, das ist nur Samba! Die ist beim Essen immer unter dem Tisch!"

„Das kann ich nicht!", keuchte sie. „Ich bin allergisch gegen Hühner und ich habe auch Angst vor ihnen!", und sie verließ das Wohnzimmer in Richtung Terrasse.

Ich wollte daraufhin Samba aus dem Zimmer entfernen, aber die Ersatzmutter kündigte an, dann würde sie auch gehen. Schließlich wurde die Situation dadurch entschärft, dass sie erklärte, sie habe keinen Hunger mehr und verstimmt mit Samba auf ihr Zimmer ging. Die beiden kleineren Geschwister erklärten, sie hätten jetzt auch keinen Hunger mehr und liefen ihr nach.

Wo vorher sieben Personen gesessen hatten, saßen jetzt noch zwei, weil Volker zu Christiane nach draußen gegangen war, um sie zu beruhigen. Ich folgte ihnen,, um die Zusammenhänge zu erklären Hildy löffelte ungerührt ihre Suppe zu Ende und meinte: „So weit kommt das noch, dass ich mir von einem Huhn vorschreiben lasse, wie lange ich esse."

Seitdem unterrichteten wir jeden Besuch davon, dass zwischen seinen Beinen am Esstisch ein Huhn herumspazieren könnte.

6. Gegenterror und blutiges Ende

Um der historischen Wahrheit zu genügen, muss man allerdings auch den manchmal unbewusst ausgeübten Gegenterror berücksichtigen.

Es lag in der Natur der Sache, dass die Hühnerschar zahlenmäßig in überschaubare Dimensionen gehalten werden musste. Das bedeutete Schlachtung der überzähligen Hähne und Hennen, die allerdings namenlos waren. Die Namengebung erlaubte die Identifizierung und damit das Ende einer weitgehend anonymen Existenz und bedeutete daher ein längeres Leben.

Doch einige Untaten wurden an den Hühnern verübt, die auf kindlicher Unkenntnis oder Sorglosigkeit beruhen.

So spielten unsere Kinder mit den Kindern von Nachbarn einmal Ponyhof. Die Hühner waren die Pferde, die in den Stall getrieben, gefüttert oder auf die Weide gelassen wurden. Irgendein Kind muss im Verlaufe des Spielens auf die Idee gekommen sein, dass Pferde zum Reiten da sind. Jedenfalls sah ich plötzlich ein Kind, dass sich das größte Huhn als Reittier ausgesucht hatte. Wahrscheinlich waren vorher schon andere als Zureiter tätig gewesen, denn obwohl ich dem Treiben sofort Einhalt gebot, verschied das Huhn noch am gleichen Tag.

Eine Tochter lief oft mit der Kamera zu den Hühnern und filmte sie. Ihre Freundin, die häufig zu Besuch kam, hatte die Idee, dass in einem Film auch etwas Besonderes passieren müsste. Ein alter Müllbehälter, der zu dieser Zeit als Futteraufbewahrungsort diente, wurde deswegen zweckentfremdet, indem in ihn zehn Hühner hineingestopft bzw. gestapelt wurden. Der Deckel des Behälters wurde geschlossen und nach einiger Zeit wieder geöffnet. und gefilmt, wie die in Panik versetzten Hühner aus ihrer Dunkelhaft flohen. Auch dies hatte eine längere Strafpredigt zur Folge.

Das Ende der Hühner kam abrupt. In einer Frühlingsnacht fiel ein Marder in den geöffneten Hühnerstall ein und massakrierte in seinem Blutrausch sämtliche Hühner und Hähne. Die nun schon halb erwachsenen Kinder zeigten kein

Interesse mehr an einer Neuauflage der Hühnerzucht.

Ein Gutes hatte dies: Der Brauch der Überraschungsgeschenke fand mit stillschweigender Zustimmung aller ein Ende.